# 句外 镜中

九如／著

中国电影出版社
二〇二〇·北京

**图书在版编目（CIP）数据**

句外镜中 / 九如著. —北京：中国电影出版社，2020.5

ISBN 978-7-106-05098-6

Ⅰ.①句… Ⅱ.①九… Ⅲ.①诗集—中国—当代②摄影集—中国—现代 Ⅳ.①I227②J421.8

中国版本图书馆CIP数据核字（2020）第065754号

责任编辑：纵华跃
版式设计：郭善昌
封面设计：陶　晴
责任校对：林　娜
责任印制：赵匡京

**句外镜中**

九如　著

---

**出版发行** 中国电影出版社（北京北三环东路22号）邮编100013
电话：64296664（总编室） 64216278（发行部）
64296742（读者服务部） Email：cfpbjb@126.com
**经　　销** 新华书店
**印　　刷** 中国电影出版社印刷厂
**版　　次** 2020年9月第1版　2020年9月北京第1次印刷
**开　　本** 787×1092毫米　1/32
**印　　张** 4.25
**字　　数** 100千字
**定　　价** 58.00元

# 沿途

他说他曾经到过的那些地方，

才是这座城市的历史。

这里本身没有历史。

# 目录

出发之前，
他便得到了旅行的所有满足。
沿途的一切美景，
都在默默蚕食这种好感。
他发现，
除了欲望，
他一无所有。

›› ››

你不必奢望
在旅行的任何角落
都能获得快乐。

那毕竟是凤毛麟角的事，
就像快乐正在世界的另一端
寻找着你。

——《沿途》

你将在这里见到参差不齐的地基，
大大小小的村落，
低矮、密集的民房以及高挺、整齐的住宅。

这里有些是城市的雏形，
有些则是遗迹，
还有一些在计划中生又在计划中死的城市的赝品。

当然，
你还会在这里目睹城市和乡间的过渡。
这一切没有人们想象中自然，
一座桥，几堆土丘，一片干树林，
或者几间大棚，
就打通了城市与乡间的路。

回忆，

是一条路，

将一片天地开辟给另一片。

有人说我们为了回忆而冒险，

肉身的触角如此小，

回忆才是他最大的欲望。

如果旅行的目的地是一道谜题，

你只需悉心留意，

每一个沿途都会充当泄密者。

古城，新式通灵术。
巧匠将金属焊在木板和石缝中间。
放起歌，饮下酒，
仿佛当代攻占了历史的要塞。
抵抗军中的退伍者，
和城市里派来的探子都在这安营扎寨。
他们一边谋划一边目睹
我们在石桥上点燃岁月相思的纸钱。

——《**魔法门**》

这曾是一家途中歇脚的客栈，
却在他们到来后被改建成医院，
并设下禁止前行的路障。

然而这一切的依据。
只有几个他们交出的不好不坏的人。

——《精神病院》

午夜的车站，
距上一次喧嚣，
和下一次拥挤，
同样久。

应该回忆，
还是等待。

山尖，那天国的裂缝，
为她子民从谷底张开望眼。
从那山花烂漫处，领略风雪。

万年堆砌的山石，
化作想象力的城堡。
当她披上银装的一刻，
我们仿佛攀上
梦的阶梯。

〉〉〉〉 五月初的草原，
有夏天，有冬天。
绿在水边吃草，
雪在影中流浪。

——《归去来》

我该常来草原走走，
走一圈大地的胸怀。
诉不尽的衷肠，
不必诉了，
云到这里都散了。

水流的家在大海，
石土的家在高山，
大地的家在草原。
归来，
有人拾起一棵草，
有人绘出一片绿，
还有人把他的心留下。

你在门外迟疑，踱步，
想要向前却回了头。
你没进去，
连门也没敲，
默默的，
成为了看门人。

我曾一度向往和那些孤独的人相见，
为我们共同的孤独做点什么。
直到我确信会面即是厄运的开始，
才终于说服自己，
孤独是我们唯一应该做的。

旅行，是草率的，

是无法拒绝的诱惑。

因为草率也是一种曲解，

这曲解囊获了旅行中的一切美好。

——致敬《年轻气盛》

# 薛定谔的城

那些被绑在十字架上的人，
究竟哪一位是你？
神迹啊，受难吧，然后显灵。

浸红千百次的钢钉，
唯有一次是血。
圣洁的玛丽亚，
报喜的天使们挤在门外了，
而你把贞操藏在了哪儿？

“名气顶大的那幅里！”
去吧，去找商人和国王换赎罪券吧。
当我走出教堂的时候，
被一句话迎面拦下，
“只有纯真的艺术，才能抚平文明的痛楚。”

轰然倒塌了，
这间教堂巨大的斜顶。
横着砸向地面，
往日的旗帜插在地上做了墓碑。

感谢岁月！
立即举办它的谢幕仪式。
过往的所有战争都出过力。
每一次礼拜，加冕，
都把它从堂顶敲下一公分。

›› ›› 颜色、形状还有坚定的信仰，
比这些更关键的，是歌声。
一切石头、烛火和颜料的灵魂。
如果有人问歌特尖顶的奥秘在哪儿？
你只消听一听。

院

一到点，大门砰的关上。
上山拜佛的人吃了闭门羹。

有人在门外与和尚争执。
还有二三个，
在下面不远处，
支起几炷香。

》》 多少回，
以布道者身份入场，
却走出来成了信徒。

昨晚，在塞维利亚的酒馆里，
只剩下我和哥伦布两个人。
他讲故事，我买了单。
从第一次出海，到最后归来。

他说为他定做的棺材早已打好，
上面的每一块宝石，
都够请我吃顿烤乳猪大餐。
可只要他不死，就无福消受。

透进屋里的光线变得昏沉，
他的声音开始震颤。
我察觉出了哪儿不对劲。

“磨蹭的镰刀终于挥下了，”
“人们在教堂等得失去耐心。”
惊天动地的殡仪队慌乱中闯了进来，
抓住他的身体就往外拖。

“塞维利亚大教堂，路上可要当心点！”
棺材一边往外抬，

殡仪队长一边用手在那块哥伦布曾经惦记的宝石上敲了一下。

“墓地的过路钱都帮你省了,”
“到那边出海去吧,”
“看看能否在大人物身上搜刮什么。”

“死水上可没有风浪，你不知道女皇为此着了多少急。”
“这下好了，你往那儿一趟，银子直接运回教堂。”
“一分你也别想密下，老财迷。”
“走好吧，哥伦布先生。”
“生是女皇的仆，死是天主的鬼。”

我从酒馆走出来，
时间正值傍晚，天阴下来灯还没开。
就像英雄等候着属于他的史诗，
从广场通往墓地的路，
落寞，没有合约的暮年。

马德里的雨，
清凉，对短裤怀有敌意。
叶脉般的街道，
把人群分成三三两两。

我挎着骑士的剑，
保持攻势。
欧罗巴，吉普赛，
黑色或黄色，
只要新鲜的肉体。

我拿着镜头逼近。
去做美丽的一部分，
去做浪荡的一部分，
去和美丽与浪荡一起泛滥。
沉到海底，
做这世界的梦。

——《堂吉诃德》

战争，

是民族自我修复的一次努力。

可不知怎的，保守的血脉，

总能在每一次完败中幸存。

瞧，这地球上最富饶的土地，
他们便是从这儿扬帆起航的。
可如今，在我眼前这片森林里定居了。

拿着水手绳和罗盘，
生活在沉寂里。
想必是件令人难过的事，
还有什么可偷呢？
斗胆去王宫和教堂里看看吧。

把骑士的剑和无敌的枪收进博物馆，
但要小心，
别被那实心铁球砸露了地面。
瞧，这地面还是中世纪的那个。

太平，真是冒险家的厄运。

——《冒险家的田野》

每一座庙宇，都供奉着信者对信仰的不同态度。更同时成就一种宗教与自然的独特关系。

# 俄狄浦斯王

审美，是一种对无知的迷恋。

求知，则起源于人类原始的自卑。

躯壳，

一张包裹整团欲望的皮。

在一座城，一间房里，一副躯壳内，

新鲜的罪恶在翻涌，

虚伪的皮，伤口在愈合。

欣赏任何表演的乐趣之中，

都有一种目睹灵魂被奴役的窃喜。

把你囚禁到永远的，
不是铁链，是诱饵。

这是一个人们开始追求平淡的时代，
就像已经上演过什么精彩一样。

神话是时间与时间的对话。
是一次当代对历史
强有力却未听到丝毫回音的呐喊。

生活和戏剧的差别在于，
我们并不清楚自己扮演着谁。

请允许我晚一时登场，
在印象对我筹划的谋杀来临之前，
让我与清白再一次对话。

〉〉〉〉 我们宽恕彼此滥用的不是仁慈，
而是罪过。

手和眼睛、心灵
一同走进做祷告的房间。

手："我触碰过太多脏污！"

眼睛："我曾目睹不计其数的丑陋！"

心灵："你觉得脏，便去冲洗；
你厌烦了就合上眼；
而我呢！"



〉〉〉〉

所有人都能在这荣耀尽失的城市里找回尊严，
因为这里遍地的嫉妒与崇拜。

什么生命、青春、欲望，
都是一摊水。

是善良还是卑微鼓舞着我
对旁人影中的自己不依不饶。

那些曾经的风光、滑稽与过失，
依旧刻着我的烙印。

丑角也不相让，
我奋力的辩护，
然后公正的裁决。

这想必是有史以来
两个自我最甜蜜的联合。

我们把弱小的人装扮成怪物，
用来恐吓强者。

〉〉〉〉

腐烂，
一种新鲜的判断。
当那果实的成色在不断变化时，
成熟就在顷刻间。

酸奶、葡萄干你吃得正香，
等着瞧，
人们对丑陋的认识才刚开始。

半成品，
占有着我最浓郁的爱。

当她被完成的一刻，
就是天使飞走，
观众到来的时候。

过往，
被攒成几团纸，
丢在桌子上。

光阴蒸发后剩下三两瞬间，
漂浮在记忆的汪洋之上，
统治了整个历史。

仿佛我们只要和平度过
这三两个瞬间，
一切就万事大吉了。

可你我都错失良机。
如今墨水干了，
我们再没有记忆去爱或怨恨。

除了爱与怨恨本身，
陪伴再没有别的事情去做。

——《理由》

我俩出生入死，
经历了梦里到梦外的战斗。
他还是背叛了我，
我也动摇过。

之后我们疏远了一阵，
又变得格外亲密。
在我们老迈之前，
我们之间的生命已经朽腐。

我们注视着对方，
眼神中充满疑惑。
这一刻，
灵魂才终于从沉睡在彼此的戏梦中醒来。

这一刻，
我们异常陌生。

——《我们》

# 决定性瞬间

有时候真希望，

一张照片真有一瞬间那么简单。

生活是一张没有处理的底片，

拉白了是喜剧，

拉黑了是悲剧。

慷慨是最难戒的瘾。

这看似宽敞的街头并不属于每个人。

有人在这里受欢迎，

有人就要吃闭门羹。

当你翻开照片时才发现，
那些原本何种喧闹的街角，
一旦安静下来，
多么耐人寻味。

对着镜头咧嘴，
迟早会弄伤笑容。
肌肉就像弹簧，
熟练等于衰老。

记忆，
总是荡漾。
你只需等，
等湖面彻底平静，
整个宇宙会从那里浮上来。

›› ››　情感，是记忆的仆人。

只消一点工夫，

你便能在任何城市发现这样的角落。

一面流淌着城市对她的冷血，

一面散发着她对城市的无情。

我想拍一张你面无表情的照片，

然后发现世界给你带来了什么。

## 夜和岁月

年轻时，
声音是一种诱惑。
他从窗沿，门缝中潜入，
和欲望约会。

暮年，
声音是一种打扰。
一切音符都像告别。

凄美、生涩
敲打着将断未断的弦。

›› ››　这本可以是长久的白日，

被分割成无数个日夜。

就在刚才，
我们唱着圣歌，
把最后一首诗埋了。
周围送葬的都是些熟悉的面孔，
那些伟大的诗人。

可高贵咽气了，
流行重新夺回王座。
不远处一同下葬的，
还有古典画和交响曲。

等所有仪式完毕，
我迈步离开时，
发现衣角溅上了潮湿的泥土，
这是活埋我的泥土。

时代，
正在为我脚下的土地唱安魂曲。

——《我和我的葬礼》

〉〉〉〉 半遮半掩的月亮，
颇有兴致地端详着我。
仿佛告诉我别睡，
她在酝酿一个新世界。

## ——《第八味》

美酒，
一颗我们播在时空里的种子。
它稀释在时空里，
又在时空里凝结。

稀释时空里的忧郁，
又凝结时空里的才情。
它推开丑与恶，
却拉近了光与美。

不必模仿商人醉心于味道，
忘却了，
在一切味道散尽，
那留在灵魂之上，
厚重的时间的滋味。

把一周时间塞入一周时间，
再把几个人生塞入一生。
就让我们以时间的名义，
放逐它吧。

›› ››

在那深邃，幽暗的影河里，
游弋着诗人缠绵不期的梦。
他愿一次次为爱牺牲，
然后等待爱神将他复活。

因为重生
才是生命的真谛

我今晚会遇见谁，
难以说清，
却又仿佛注定。
就像过往的一切都在等待这个夜晚的邂逅。

过去的一小时，和过去的十年间
一同为那接下来要发生的故事做着匀速而漫长的准备。
可你又难以否认这其中的一点巧合。

进门、嬉笑、酒醉、梦醒，
还有你面前的我。
这么说来，
全世界都为这隆重的登场统一了日程。

——《相遇》

脾不过是个卖命的，
思虑才是肌肉最大的敌人。
而这一对，又都是水的杰作。

把激情埋了吧，
为他的墓碑刻上代价二字。
若干年后，
岁月的老头儿
用遗憾的铁锹将他翻起时，
还依稀泛着理性的温度。

悔恨是思想的情妇，
在现实的屋里，
过往的床上。

明月，
是盏灯，
又是面镜。

是一刻不停的静止，
是冰冷的暖黄。
是相守，
又是流浪。

前来看戏，
赶上散场。
想的想，
忘的忘。

——《嫦娥剧院》

又一个清晨，
又一次不由自主地醒来。
饿了便去吃饭，于是餐桌成为一切记忆的幕布。

幽默呀，越是强壮的人，越难抵挡饥饿。
和一些熟人，做新鲜的事。
和一些生人，做熟悉的事。

我们恰如其分地相遇，
然后恰如其分地告别。

这是千万人的夜。
黑暗收拾着残局，
光影彩排着黎明。
这是千万人告别的夜。

——《日常》

暗黄，

浓黑，

再到失去颜色。

几时过后，

光明先到，

白色在彩色前。

一个颜色去做日出，

一个颜色去做日落。

红把水染成血，

黄被铸成欲望，

剩下无所取的蓝，

留给自然。

有几个搭配悲欢离合，

又有几个化作喜怒哀乐。

从白到黑，

由亮变暗，

再到失去颜色。

——《要有光》

光在夜幕上闪烁，
眼睛把记忆刻在眼皮上。

等待下一个至暗时刻，
这些记号，
在玻璃珠的滚动下，
再放异彩。

——《梦》

宁静在身上涂了油，
夜晚，
享受上帝的按摩。

# 夏 娃

三十岁对女人来说是种审判。
美丽终于在一些人身上成活，
也彻底在另外的人身上死去。

〉〉〉〉

你永远猜不透那位小姐，
只要你依然爱着。

总在那令人心动的脸庞上，
生长出使人难堪的笑容。

让两个女人聊被窝的，
是她们做的同一个梦。

不放盐的思念，
是女子厨房里最多的烹饪。
只因她生来不擅尊重，
却对崇拜如此着迷。

›› ›› 如果你说两个相貌平平的女子相像，
会惹得她们闷闷不乐。
如果你说两个貌美如花的女子相像，
会令她们心花怒放。

一个归罪于自我，
一个归功于自我怀疑。

》》 青春是支染发剂，
岁月像一种还原。

有一位盛装的天使，
从远处向我走来。

她迈着谨慎的步伐，
却还是折断了翅膀。
她那绣了花的衣裳，
一朵一朵地凋零。

在来到我眼前的顷刻间，
她丝状般的金发骤然变得暗淡，
雪白的肌肤尽染岁月的沧桑。

我问她：“你何苦抛弃一切来见我？”
她却说：“除了向你走来，
我什么也没做。”

——《万有引力》

柔情，
在静默的床上翻涌。
当一个人熟睡，
另一个人清醒时，
一个灵魂占有了两个。

这是一天里最可爱的时刻。
赫尔墨斯出外打猎，
小爱神在眼前撒欢。
没有光和语言的守卫，
任凭好感攻占肉体。

从指尖到发尾，
从过去到将来。
一个真正满怀爱的人，
才能在深夜享受平静。

——《夜的咒语》

我忠实的朋友，九如：

不要忘记我们之间忠实的历史。

可你看，现在我要走了，去到很远的地方。

别跟随我，或者让我跟随你，请允许我独自去。

我不打算带我们的感情一起走，也不打算将她处理，

就留在这个地方吧。

身体或灵魂，总有一个我，会回来取。

我要走的路，是离开过去的路，也是离开你的路。

可是相信我，我绝不想离开你。

如果，但愿如此，你我未来在某地相遇，

我只会更加爱你。

我将如初生的恋人般为我们老旧的重逢着迷。

我会以改过自新的逆子对父母般的仁礼对待你。

想到此，我开始为将来的碰面激动不已。

请牢记，那时的重逢，

才能证明，

我们始终的相遇，是为了自己！

——《一封好友的来信》

你总要学会在渴望中安静下来，
放下那只急于揭下面纱的手。
你何故如此痴迷呢？

当你只能在纱巾下看见
被魔鬼掏空仿佛晒干了的胸脯，
然后狠狠地再在他身上记一笔。

# 情 话

如果一切文学和艺术都是人们逃离自我的手段，

那么爱情，则是其中最强烈那种。

〉〉〉〉 每段爱情的结束都是由来已久。

在一次相伴的晚餐、散步，

或者彼此间没有名义的凝视发生的瞬间，

他们就已经分开了。

然后一个成为律师，

一个成为嫌疑人。

有一种泪光，
不是哭得不能自已，
也不是静得听到呼吸。

是像那细雨过后的街道，
眼角被浸湿得刚好，
不湿得痛快，不干得绝望。

隐约中露着点点光亮，
从这边看是希望，从那边看是哀伤。
眼泪就是这样思念着目光。

——《淡忘》

〉〉〉〉

好感是打开荒谬之门的钥匙。

›› ››

谎言和痴情，倒是一对儿。

感谢小偷从爱情中掠走了性，
这分不清是放逐还是逃亡的出走。
感谢他一直以来的忠诚，
宽恕他偶尔为之的欺骗。

从此，他将独自离去。
带领他的追随者，
解散他的雇佣军。

——《新生儿》

被洗脱罪名的犯人——
爱情，终于赎回自由身，
把卸了锁的狱粉刷成家。

这对指腹为婚的夫妻，
牢笼正是他们的孩子。

一眼不看你，
是因为浓郁。

每当这时候，
就像有两个我，
一个我背对着另一个我，
另一个我疯狂地欲望着你。

我们遇见时依然年轻，
可顾虑老了。

时间倒退吧，
我要为结局找个借口。

我们从来没有背叛爱情，
我们从来只有背叛爱人。

受欢迎的是好感，
遭到拒绝的是爱情。

The Power Plant

等雨过天晴，
等春暖花开，
等让你犹豫的人去了再来。

等万无一失的相遇，
等机关巧合算尽，
你我手执台词面对面
才承认爱情。

›› ››

爱情，教会人欣赏的眼光，
直到他们自学了另一种。

有时候我们就差相遇了，
有时候我们只因为相遇。

——《交还》

›› ››

有时
当你把灵魂交给一个人，
临别以为她会还给你。

很遗憾，
她只能丢在路边，
一个你难以找到的地方。

不是她不想还，
是不能。
对不起，
我也做了同样的事。

# 沙与沫

诗歌是一件残骸。
是诗人将自己灵魂灼烧的一次献祭。
然后在某个节日到来之时，
人们为他献上美丽的花圈，
刻一行只有他们自己认得的文字，
庆祝他们的肉体。

文学是一把伞，
晴天时它也许显得多余，
可却在风雨来临之际使你保全自身。

〉〉〉〉 谁是那样优柔寡断？
谁又是那样遍体鳞伤？
时而扭扭捏捏，
时而反复无常。

小孩般无知的老人，
恋人般亲密的父女。
生于世仇的爱情，
死于忠贞的信仰。

被罪恶浇铸的善良，
深爱着世界的绝望。

还有那一个个活死人，
在寂静的王国里讨论，
如何用死去者的骨灰，
焚烧还未出生的婴儿。

这一切，
哦，别想了，
全是造谣。
真是造谣，
该有多好！

——《造谣》

——《最有趣游戏》

我把每件物品包装成礼物，
写几句祝福语或录一段故事。

然后当着自己和友人的面拆开，倾听。
直到有一天包装纸用完了，
我才不得不停止这最有趣的游戏。

›› ››

拜访文学，
是一种对爱的修炼。

这将更是一次残酷的试炼。
因为清甜的果实，
不小心就被商人掠去。

这里很黑，没有风，
没有阳光，什么光也没有。
沉默许久，只为片刻喧闹。

这里堆砌了不少闪闪发亮的东西，
没有光，也没有了闪闪。
那些人前争相炫耀的宝贝，
一回家，都被锁在这里。
短促啊，你的命运就是珍贵。

与崇拜者的目光约会，
可始终的陪伴是黑墙。
门一锁，便只剩下回忆了。

这盒子，
以前宙斯送给潘多拉。
也总有一天，
会盛着我们的灵魂。

——《保险箱》

周一只能迈左腿，

周二只能睁右眼，

周三要捂住耳朵，

周四要捏紧鼻子，

周五必须笑，

周六必须哭，

周日，

持证者，

方可睡觉。

——《新规》

大多数文学都是感官的盈余，
只有那一小部分，
才是道德的。

我需要一位翻译者，
把我的疑虑翻译给我的问题。
让我的手停止滑动，
与那静默的钢笔合而为一。

我从不担心那遥远的世界，
声音越远传得越真切。

倒是那隔壁的花园，
种有精美的花草，
清澈的池水，
却无处停绕
椒兰焚起的氤氲。

——《异性相吸》

》》 有这么两位作家，
一位冲在故事的前线，
一位躲在故事的背后。

当他们双双获奖时，
一位得奖是因为他流的血和泪，
另一位则因为自己的安然无恙。

一个奖杯上刻的是道德，
另一个刻的是欲望。

## 苏格拉底说

世间最矛盾的事，
莫过于一个人既有嘴巴又有耳朵，
让他可以亲自听到自己说出的话。

一个人独享了自己最丑与最美的部分，
因此把生活塑造得自满而慌张。

嫉妒比爱情忠贞，
同情比偏见傲慢。

无论有过多少情史的男人，
都在重复用一种近乎人道主义的平等精神
去审视他曾经的爱人们。

这更像一种母性，
一种反而在女人身上罕见的母性。

›› ›› 天使和魔鬼同时在我身上耕耘。
收获的却是你们。

仰面朝天，
吐出去的埋怨
还会落在脸上。

凭着身上的尘，
挡住身外的土。

你对别人说了那么多对自己说的话，
你为自己做了那么多为别人做的事。

乡愁的缺席，
关上了一个人
通向自我途中最宽敞的大门。

时间一长，
瓜果就甜了。
因为干瘪，
人也一样。

挑剔是枚历史勋章，
耐受是种永久伤痛。

贫穷
是上帝留给这片土地
最后的恩惠。

理性为我领养了一种憨厚的想象力。

习惯是对欲望的透支。

众人的罪过，为我减了刑。

真理，就像翘翘板的两端，
往哪头爬都要跌倒。

湿润的空气首先滋养的是记忆，
这多半和我们源自海洋有关。

在人性的每个罅隙之间，
都生活着代代相传的家族。

趁火把最明亮时，
赶往森林最深处。

泛起涟漪的是湖泊，
大海只有潮汐。

糊涂的自言自语，
糊涂的听与忘记。
那些说出的话，
再不是我的了。

今后行侠仗义也好，
兴风作浪也罢，
总算成年了。

皮格马利翁的故事再难上演。
文学有别于雕塑，
永远和我们的灵魂隔岸相望，
没有完结的瞬间。

对一个像我一样犹豫不决的人，
他们有时是甘露，有时是梦魇。
有时成就我，有时将我包围。

他们曾流淌在我的血液里，
不施粉黛，不畏风雪。

诗歌是文学所能奉献给世界
最诚挚的礼物，
这份，是我的。